Cómo cuidar un ángel

A LA ORILLA DEL VIENTO

Primera edición en japonés: 2002
Primera edición en español: 2008

Nakagawa, Chihiro
Cómo cuidar un ángel / Chihiro Nakagawa ; trad. de Jaime Barrera Parra. — México : FCE, 2008
[96] p. : ilus. ; 19 × 15 cm — (Colec. A la Orilla del Viento)
Título original Tenshi no kaikata
ISBN 978-968-16-8602-4

1. Literatura Infantil I. Barrera Parra, Jaime, tr. II. Ser. III. t.

LC PZ7 Dewey 808.068 N318c

Distribución mundial

Comentarios y sugerencias:
librosparaninos@fondodeculturaeconomica.com
www.fondodeculturaeconomica.com
Tel. (55)5449-1871. Fax (55)5449-1873

Empresa certificada ISO 9001:2000

Colección dirigida por Miriam Martínez
Edición: Carlos Tejada
Diseño gráfico: Gabriela Martínez Nava
Traducción: Jaime Barrera Parra

Título original: *Tenshi no kaikata*

ISBN 978-968-16-8602-4

Impreso en México • *Printed in Mexico*

Cómo cuidar un ángel

CHIHIRO NAKAGAWA

traducción del japonés

JAIME BARRERA PARRA

FONDO DE CULTURA ECONÓMICA

Carlos tiene un perro,

Daniela tiene una gata,

Arturo tiene una paloma,

Paola tiene un gallo,

José tiene una tortuga…

¿Y Sachi?

Sachi no tiene mascota.

Su mamá le dice:

De ninguna manera. La casa es muy pequeña y los animales son muy sucios. Hay que cuidarlos y darles de comer todos los días. Además, se hacen caca en todos lados y es muy triste cuando se mueren.

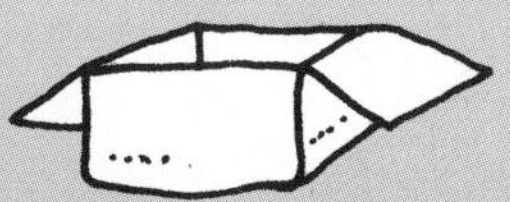

Un día, Sachi encuentra un ángel en el campo.

¡Sí!

Mami, y si mi mascota
fuera un ángel chiquitito...
¿podría tenerlo?

¡Claro que sí!

Por fin, Sachi tiene su primera mascota.

Muy bien; pero...
¿cómo se cuida un angelito?

Sachi le pregunta a mucha gente, pero nadie sabe cómo cuidar ángeles.

¿Hay algún libro que diga cómo cuidar un angelito?

¡¿Un libro de qué?!

Sachi tiene que arreglárselas sola.

Toma una caja de galletas y la decora con listones blancos y estampas. Para alfombrarla extiende un pañuelo con bordado de flores y le hace una cama con la esponja del maquillaje de su mamá. Con cartulina hace una silla, una mesa y un escusado.

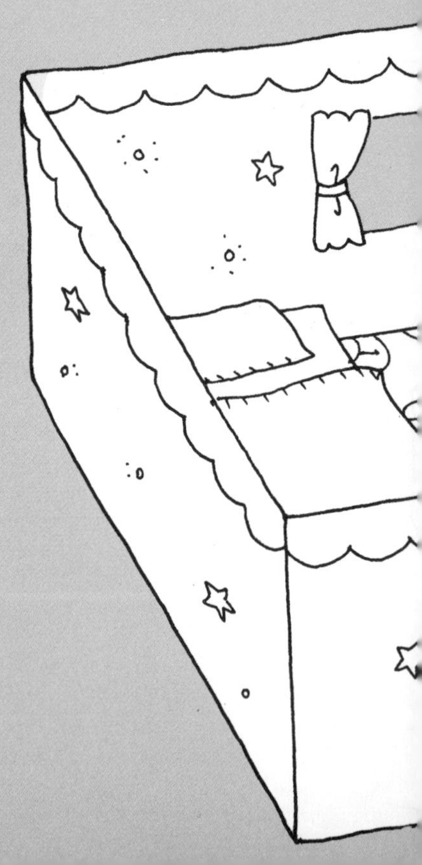

El angelito camina por la casa, mira los muebles y prueba el colchón. Luego se asoma por la ventana.

Parece contento.

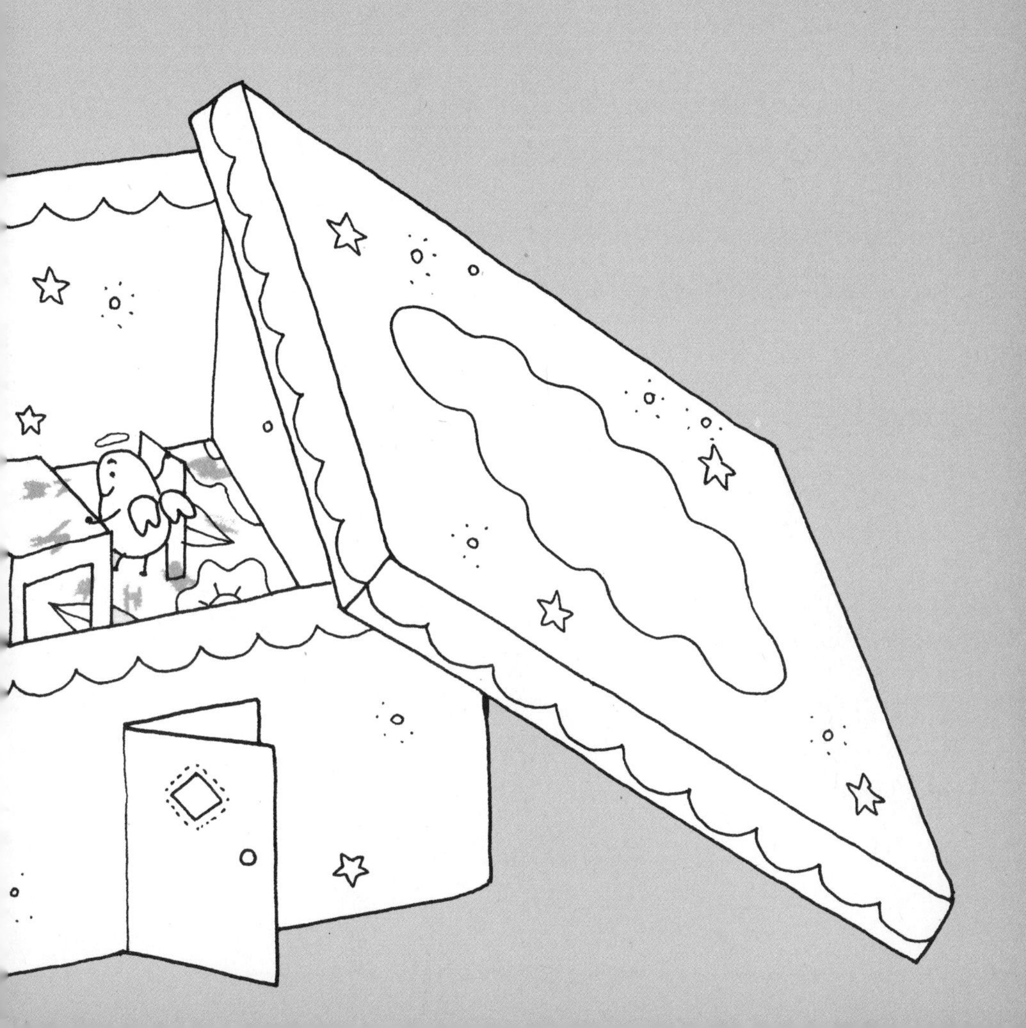

Sachi viste al angelito con un poco de encaje.

¡Te ves divino!

Pero, ¿qué comen los ángeles? ¿Nubes rosas? ¿Polvo de estrellas? ¿Polen? Sachi lo piensa mucho y, como no se le ocurre nada, le pregunta al ángel. Jamás se hubiera imaginado su respuesta.

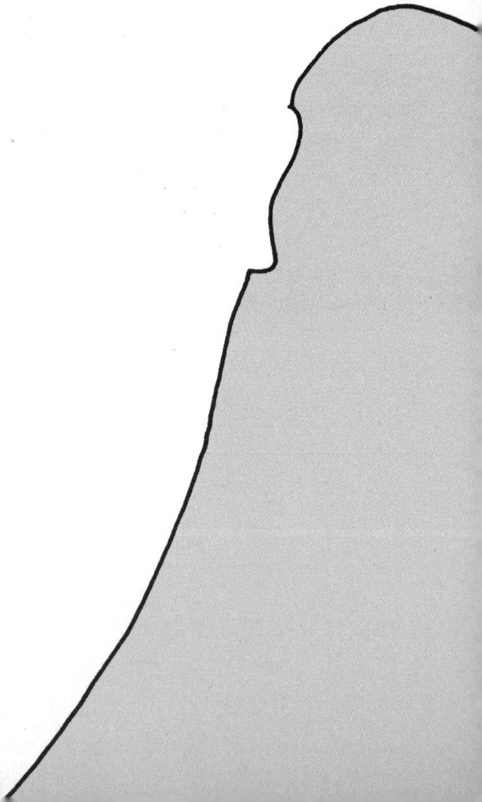

Historias.

¿Historias? ¿Puros cuentos?

Sachi no cree que los ángeles coman historias, pero quiere ver qué pasa y empieza a contar:

Hola. Soy Sachi y vivo con mi papá y mi mamá. ¡Ah!, también tengo una mascota y estoy feliz de que sea un ángel porque no hay muchos niños que tengan angelitos y yo me divierto mucho. Bien. Es un placer conocerte.

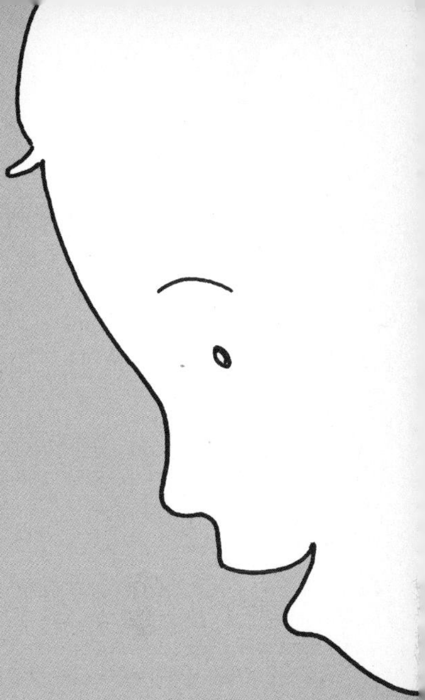

Aunque se siente tímida, Sachi sigue platicando y deja de hablar cuando el angelito se soba la barriga.

¡Qué fácil!
¡Ni siquiera tengo que comprarte comida!

Para complacer al angelito, Sachi toma un libro muy gordo.

Había una vez...
Pasaron muchos,
muchos años...

Justo el día...
Y al acercarse...

El angelito no se ve bien: bosteza y se queda dormido.

¡Hola! ¿Hay alguien ahí? Tienes que escuchar el cuento hasta que acabe.

¿Querrá cuentos cortos?

Sachi le cuenta otro tipo de historias:

La hermana de la tía de Carlos salió en la tele. Ella...

Ese cuento no le gusta al angelito.

¿Sabes?, mi comida favorita son las donas y odio las verduras...

¿Uhm?

Una vez se soltó el perro del señor Rodríguez y yo me lo encontré en la esquina. Mi corazón era un tambor. Estaba asustada...

Parece que se ríe...

Cuando tengo que brincar el potro en la clase de deportes, si me da miedo no puedo hacer nada. ¡Quiero ser más valiente!

¿Le gustarán éstos cuentos?

Mi bisabuela tenía la cara arrugada y cuando la conocí me dio asco. Pero ella me enseñó a usar las manos para hacer sombras en la pared que parecen animales...

¡Ya entendí!, le gustan las historias que me pasan a mí, las historias de Sachi.

Y le gustan más cuando son importantes para mí.

Además de la comida, a Sachi le preocupa otra cosa: un día, al mirar en la casa del angelito, ve en el escusado un granito rosa tan pequeño como un confeti.

¿Y esto? ¿Será...
caca de angelito?

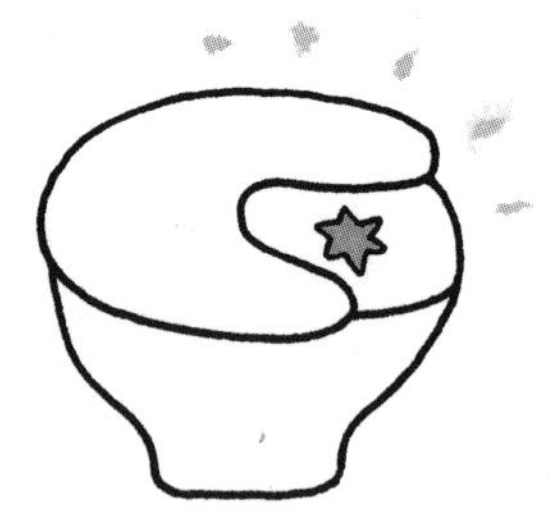

Entonces el angelito entra y patea la caca, que sale disparada a través la ventana y desaparece en el cielo como una estrella fugaz.

Cuando Sachi lo llama, el angelito baja del cielo.

¡Como la paloma de Arturo!

El angelito siempre acompaña a Sachi.

¡Como el perro de Carlos!

Pero a Sachi la decepciona un poco que el angelito
sea tan tímido y sólo se aparezca cuando ella está sola.
Si hay más personas, él se vuelve invisible.

Sachi sabe que anda cerca cuando siente cosquillas
en el cuello o en las orejas.

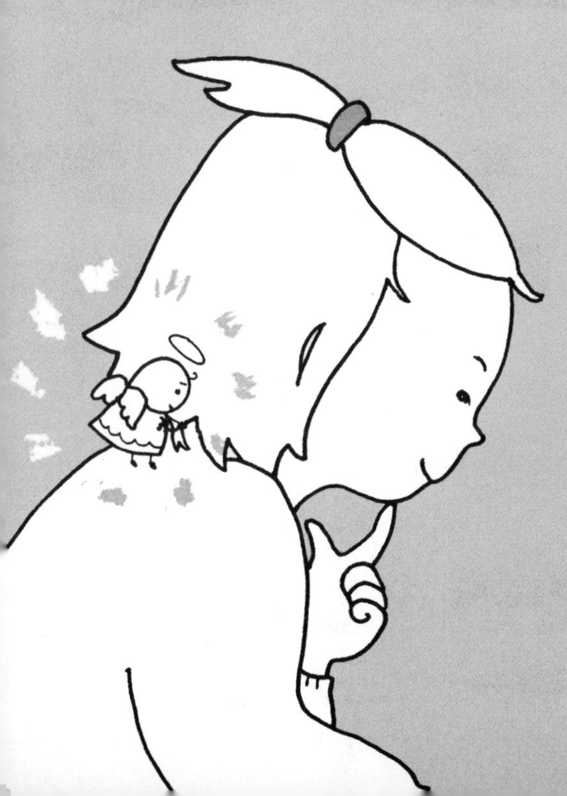

Aunque sea invisible, parece que los animales se dan cuenta de su presencia. Cuando Sachi va con el angelito, el perro del señor Rodríguez no le ladra.

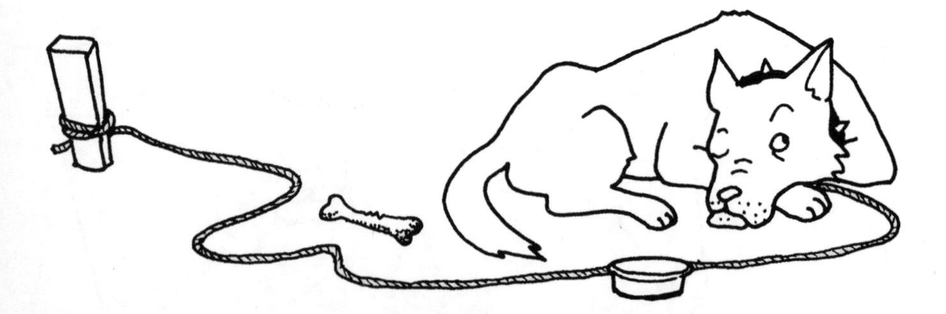

¿Será fuerte aunque sea tan chiquito?

A veces, el angelito va a la escuela. Como es invisible,
el maestro no lo ve.

Por primera vez, Sachi levanta la mano en clase
de matemáticas. Quiere impresionar al maestro.
Responde correctamente y el maestro también sonríe.

Te debo una, angelito.

Cuando le toca saltar el potro, Sachi tiene confianza.

¡Esta vez tengo al angelito!

¡Ah! ¡Siento que vuelo!

Los milagros no dejan de ocurrir. Un día cae un aguacero mientras Sachi está con sus amigos.

¡Qué frío! Ojalá que Manchas no se moje. ¡Él puede secarse solo!

¿Dónde estará Blanca? Ojalá que esté acurrucada.

Claudio quiquiriquea muy raro cuando va a llover.

Cuando llueve,
Perla no sale de
la casa y se echa
en el lugar más
caliente.

Yo tengo una
tortuga. A ella
no le pasa nada.

Sachi escucha a sus amigos. Quiere decir algo…

¡Pues yo tengo un ángel que puede cambiar la lluvia en nieve!

Y, mirando al cielo, grita:

¡Angelito! ¡Haz nieve!

Un instante después la lluvia se vuelve nieve de verdad. Es la primera vez que nieva en todo el año.

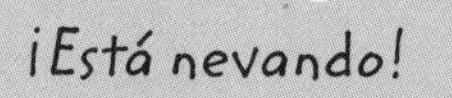

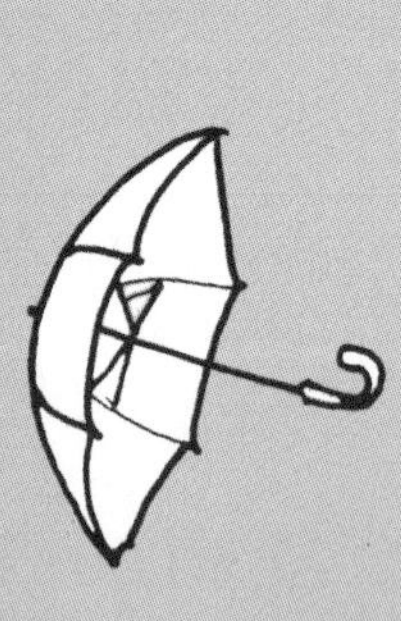

¡Mañana vamos a jugar
a las guerritas de nieve!

Por todos los cielos,
el del pronóstico
del tiempo tenía
razón.

¡Un ángel es lo último en mascotas!

Pero no siempre puedes confiar en él.

Al angelito le gusta ir a pasear.

¡Auxilio!

Demasiado tarde...

No siempre se puede tener todo. Dicen que las mascotas causan muchos problemas.

Perla se come el pescado de mi papá.

Manchas juega en el jardín y se come los tulipanes.

Blanca se hace caca en mi cama.

Claudio me despierta en las mañanas. También los domingos.

Las tortugas huelen mal y dejan su agua puerca.

Un día llega una nueva niña a la escuela. Se llama Luz.

Luz está rodeada por los demás niños y Sachi no puede platicar con ella.

Poco tiempo después, el maestro avisa que dentro de unos días van a cambiar de lugares. Cada quien se podrá sentar con su mejor amigo. Sachi quiere sentarse con Luz.

Pero no puedo. Luz tiene muchos amigos.

Todos los días, Sachi le cuenta al angelito historias sobre Luz. El angelito escucha y sonríe.

Pero las cosas empiezan a cambiar. Antes, Luz siempre estaba acompañada y ahora se queda sola en los recreos y a la salida. Nadie la invita a jugar.

Luz se ve apagada ¿Habrá escogido con quién sentarse? Yo no he hablado con ella y se va a ver raro si le pregunto...

Un día…

Dice Luz que en su otra escuela tenían alberca con agua caliente.

Y dicen que dijo que las canchas tenían pasto sintético.

Luz se la pasa presumiendo de su otra escuela. Se cree mucho.

Y su nombre, Luz,
es muy tonto.

Si tanto le gusta
que se regrese.

A pesar de que no quiere hacerlo, Sachi también habla mal de Luz…

y en la tarde no le dice nada al angelito.

¡Sachi! Hoy vamos
a cenar ensalada.

¡Guácala!
Es el peor día de mi vida.

La casa del angelito está muy silenciosa.
¿Se fue? ¿Está durmiendo?

Un domingo, en la tarde, Sachi se acuerda de su angelito y cuando mira dentro de su casa se queda muda. El angelito se ve rendido y aunque Sachi lo llama varias veces él no puede ni abrir los ojos. Sus alas parecen pétalos marchitos y su caca también es color violeta. El angelito está tan débil que parece derretirse.

Sachi no sabe qué hacer.

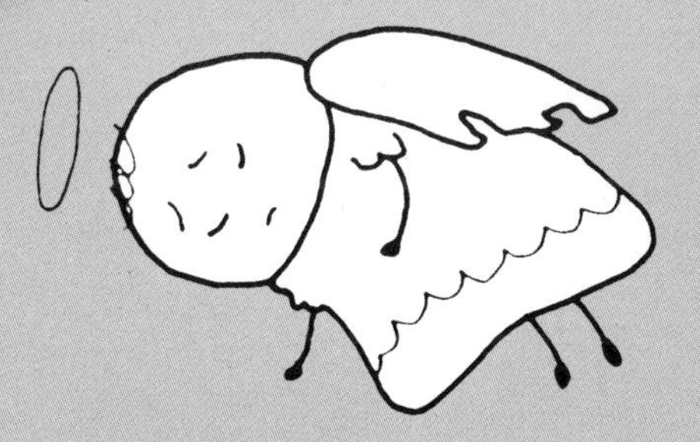

Con un susurro, el angelito le dice:

Quiero ver el cielo...

Sachi corre para llevar al angelito al campo donde lo encontró. Tal vez el ángel quiere regresar al cielo. Sachi está a punto de llorar.

Se sienta en el pasto y acuesta al angelito
en su barriga, esperando que pase algo.

Nota lo grande y hondo que es el cielo; tan grande
y tan hondo que se agarra del pasto para no caerse.

El viento despeina la hierba, acaricia al angelito y roza el cuerpo de Sachi como si tuviera prisa por llegar a alguna parte.

Sachi siente que flota en el cielo junto al angelito.

Entonces escucha una voz:

¿Me cuentas una historia?

Sachi se queda paralizada. Sabe que el dueño que olvida darle de comer a su mascota no sirve de nada.

Sachi quiere contarle al angelito una historia especial, una muy nutritiva, pero mientras más piensa menos se le ocurre qué contar.

Al angelito le gustan las historias sobre Sachi. No tiene que ser una con final feliz. Puede ser una triste y amarga pero tiene que venir de su corazón…

Sachi empieza a hablar en voz baja.

¿Sabes?, todavía me cae bien Luz.

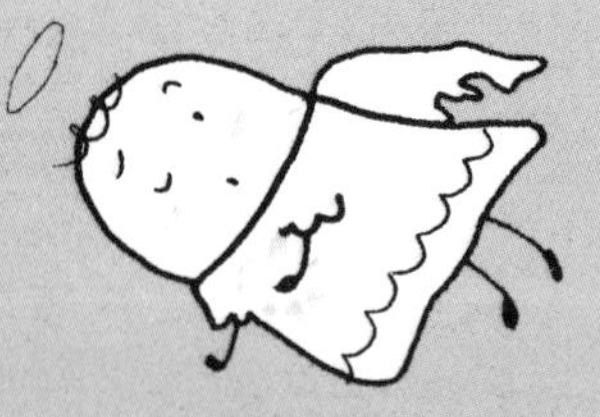

El angelito abre un ojo.

Sachi alza un poco la voz.

Me gustan mucho las cosas de Luz. Sobre todo me gusta que se llame Luz. Es un nombre bonito.

El angelito se ríe a sorbitos.

Sachi sube el tono de voz y mientras mira al cielo, grita:

¡Quiero que Luz sea mi amiga!

Entonces Sachi siente que se quita un peso de encima.

El angelito se echa a volar.

Llega el atardecer y el angelito vuela como una mariposa, cobijado por el resplandor de la tarde.

Sachi y el angelito juegan a perseguirse hasta el anochecer.

Al día siguiente, el angelito le lleva a Luz el deseo de Sachi.

Después de meterse en el pecho de Sachi, el angelito sale cargando una cosa brillante. Es un pedazo del corazón de Sachi y, aunque ella percibe que éste late más rápido, no siente ningún dolor.

Luego, el angelito se mete en el pecho de Luz.

En un instante, Luz se da media vuelta y sonríe.

Ho... hola... ¿Quieres sentarte conmigo?

¡Bueno!

Carlos tiene un perro, Daniela tiene una gata, Arturo tiene una paloma, Paola tiene un gallo, José tiene una tortuga… ¿Y Sachi?

Sachi tiene un angelito.

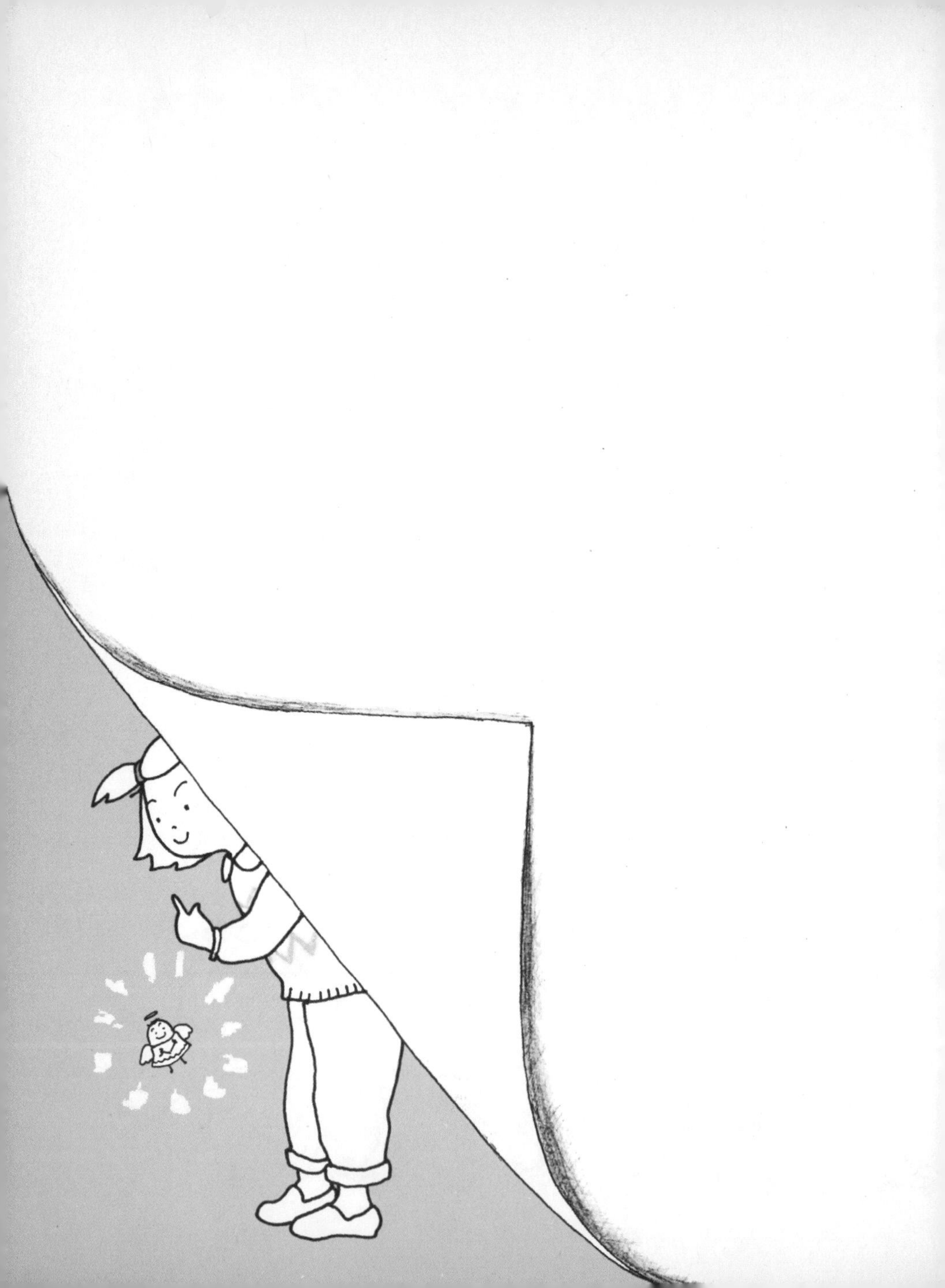

Bueno… busquen y miren bien, que aún hay miles de angelitos esperando que los encuentren.

Cómo cuidar un ángel,
de Chihiro Nakagawa,
se terminó de imprimir
en abril de 2008 en Impresora y
Encuadernadora Progreso, S. A. de C. V.
(IEPSA), calzada San Lorenzo 244,
C. P. 09830, México, D. F.

El tiraje fue de 5 000 ejemplares.

Para los que empiezan a leer

Cuando la bella Dorotea había conquistado a todo el pueblo, Triclinio descubrió el engaño de su belleza.

En la familia del niño Triclinio todos son felices: los padres con sus hijas, las hijas con sus novios, los novios con ellas y Triclinio con lo que le regalan los novios de sus hermanas. Sin embargo, la llegada de su prima, la bella Dorotea, trastorna la vida de Triclinio, pues con su cabello rubio platinado conquista a todos los hombres del pueblo, hasta que Triclinio descubre el secreto de su belleza...

Jorge Ibargüengoitia nació en Guanajuato y murió en Madrid. Fue narrador, periodista, ensayista, dramaturgo y cronista de México. Su obra se distingue como una de las más originales en nuestro país, llena de humor y desmitificadora de lo mexicano.

Magú nació en Jalisco. Desde 1966 publica en diversos medios impresos. Coordinó el suplemento *Histerietas*. Es codirector de *El papá del Ahuizote* y coautor de *El tataranieto del Ahuizote*. En 1982 obtuvo el Premio Nacional de Periodismo. Su estilo experimental lo ha convertido en uno de los moneros más importantes de México.